Objets d'Art de la Chine

CÉRAMIQUE CHINOISE

DU XIVe AU XIXe SIÈCLE

ÉMAUX CLOISONNÉS ET ÉMAUX PEINTS

PIERRES DURES — VERRES — IVOIRES

PANNEAUX DIVERS ET LAQUES

PARAVENT EN COROMANDEL, MEUBLES, etc.

ÉTOFFES

Dont la Vente aura lieu à l'Hôtel DROUOT, salle n° 9.

Les Vendredi 5 et Samedi 6 Décembre 1913 à 2 heures

M^e^ ED. FOURNIER
Commissaire-Priseur
29, rue de Maubeuge.

M. ANDRÉ PORTIER
Expert près le Tribunal Civil,
24, rue Chauchat.

Chez lesquels se distribue le présent Catalogue.

EXPOSITION PUBLIQUE

A L'HOTEL DROUOT, SALLE N° 9.

LE JEUDI 4 DÉCEMBRE 1913,

De 2 heures à 6 heures.

Objets d'Art de la Chine

CONDITIONS DE VENTE

Elle sera faite au comptant.

Les acquéreurs payeront 10 p. 100 en sus des enchères.

L'Expert, dans l'intérêt de la vente, se réserve la faculté de réunir ou de diviser les lots.

L'expert assistera à l'Exposition publique et se tiendra à la disposition de MM. les amateurs qui auraient un renseignement à lui demander ou des ordres d'achat à lui confier.

1re Vacation	N° 1 au N° 174 inclus.
2me Vacation	N° 175 au N° 348

Dates des Époques citées au présent Catalogue

Dynastie Ming	1368 à 1620
Epoque Kang-hi.	1661 à 1722
— Yungching	1723 à 1736
— Kienlong	1736 à 1793
— Kiaking	1796 à 1821
— Taokuang.	1821 à 1851

Objets d'Art de la Chine

CÉRAMIQUE CHINOISE

DU XIVe AU XIXe SIÈCLE

ÉMAUX CLOISONNÉS ET ÉMAUX PEINTS

PIERRES DURES — VERRES — IVOIRES

PANNEAUX DIVERS ET LAQUES

PARAVENT EN COROMANDEL, MEUBLES, etc.

ÉTOFFES

Dont la Vente aura lieu à l'Hôtel DROUOT, salle n° 9.

Les Vendredi 5 et Samedi 6 Décembre 1913 à 2 heures.

M^e^ ED. FOURNIER
Commissaire-Priseur.
29, rue de Maubeuge.

M. ANDRÉ PORTIER
Expert près le Tribunal Civil.
24, rue Chauchat.

Chez lesquels se distribue le présent Catalogue.

EXPOSITION PUBLIQUE

A L'HOTEL DROUOT, SALLE N° 9.

LE JEUDI 4 DÉCEMBRE 1913,

De 2 heures à 6 heures.

OBJETS D'ART DE LA CHINE

PORCELAINES DE CHINE

1\. — Deux petits vases en porcelaine bleu et blanc à décor d'oiseaux et de personnages.

Époque Yungching.

2\. — Petit vase en forme de boule en porcelaine bleu et blanc à décor de dragon.

Epoque Kang-hi.

3\. — Petit vase en forme de boule, en porcelaine bleu et blanc, à décor d'enfants jouant.

Époque Yungching.

4\. — Petit vase en forme de boule, en porcelaine bleu et blanc à décor fleuri.

Époque Kang-hi.

5\. — Théière en porcelaine bleu et blanc à décor de chrysanthèmes stylisés.

Cachet Kienlong.

6\. — Vase cornet, en porcelaine bleu et blanc, à décor fleuri.

Époque Yungching Haut. 35 cm.

7\. — Chimère en pâte brune sur un rocher à émaux bleus.

Epoque Kienlong. Diam. 15 cm.

8\. — Groupe en poterie à couverte turquoise et aubergine représentant les Pa'hsien, huit génies immortels, groupés dans les rochers.

Époque Ming. Haut. 25 cm.

9\. — Deux statuettes en porcelaine à couverte métallique brune, représentant deux des Pa'hsien.

Époque Kienlong. Haut. 17 cm.

10. — Petite bouteille celadon, gravée sous couverte, de rinceaux fleuris, l'épaulement supportant deux anses à anneaux fixes.

Époque Ming. Haut. 20 cm.

11. — Petit vase, de forme arrondie, à couverte turquoise.

Époque Ming. Diam. 15 cm.

12. — Brûle-parfums tripode, en faïence émaillée vert pomme.

Époque Ming. Diam. 13 cm.

13. — Brûle-parfums tripode, à couverte flammée olivâtre. Socle en bois.

Époque Ming. Diam. 15 cm.

14. — Bouteille à panse surélevée, en faïence à couverte chamois craquelé.

Epoque Ming. Haut. 34 cm.

15. — Vase cornet, de forme quadrilatérale, le col évasé, à couverte flammée bleu et vert.

Époque Ming. Haut. 15 cm.

16. — Groupe en poterie émaillée brun et vert, représentant une maisonnette, l'une des faces ajourées.

Époque Ming. Diam. 31 cm.

17. — Autre maisonnette, à couverte turquoise et brune.

Époque Ming Haut. 17 cm.

17 *bis*. — Autre maisonnette, de style similaire à la précédente.

Époque Ming. Haut. 17 cm.

18. — Pot couvert, en faïence émaillée brun et vert à décor de panneaux fleuris. Socle en bois.

Époque Ming. Haut. 23 cm.

19. — Vase en forme de gourde à double panse, en poterie à taches d'émail polychrome : du col, sort un dragon, s'enroulant autour du vase et menaçant un Fong hoang, à la partie inférieure du vase.

Pièce de fouille. Haut. 20 cm.

20. — Petit pot, de forme arrondie, en poterie à traces de glaçure verte.

Époque Han. Diam. 12 cm.

21. — Pot, de forme arrondie, en poterie à couverte verte.

Époque Ming. Haut. 20 cm.

22. — Urne à grains, de forme cylindrique, avec toit cannelé, en poterie grise, à traces de glacure argentée.

Époque Han. Haut. 35 cm.

23. — Pot de forme arrondie ; en poterie grise, laissant apparaître sous une couverture terreuse des traces de glaçure argentée.

Époque Han. Haut. 20 cm.

24. — Une paire de vases, de forme allongée, décorés en relief autour du col, d'une zone de personnages.

Époque Sung. Haut. 35 cm.

25. — Vase de forme et de décor similaires aux précédents.

Époque Sung. Haut. 45 cm.

26. — Bouteille, à col droit, à couverte monochrome bleutée.

Époque Ming. Haut. 28 cm.

27. — Vase, de panse surélevée, à couverte flammée bleu et brun. Socle en bois.

Époque Ming. Haut. 25 cm.

28. — Petite bouteille céladon, la panse abaissée, le col supportant deux anses-boucles.

Époque Ming. Haut. 12 cm.

29. — Vase de forme allongée, à couverte céladon décoré sous couverte de motifs fleuris.

Époque Ming. Haut. 16 cm.

30. — Vase en forme de boule, décoré sur fond vert de pêches en émaux bleus et manganèse.

Époque Kang-hi.

31. — Grande vasque, de forme évasée, à couverte céladon.

Époque Ming. Haut. 24 cm.

32. — Vasque tripode, de forme circulaire, à couverte céladon, gravée de motifs fleuris. Socle en bois.

Époque Ming. Diam. 27 cm.

33. — Vase cornet, en poterie à couverte crème craquelée, la panse décorée de deux médaillons et de zones de grecques.

Époque Kienlong. Haut. 21 cm.

34. — Vase piriforme, à col allongé, en poterie à couverte craquelée blanche.

Époque Ming. Haut. 28 cm.

35. — Vase, à panse saillante, en faïence à couverte blanche craquelée, décorée de motifs fleuris.

Époque Ming. Haut. 25 cm.

36. — Petite bouteille, à panse surbaissée, en faïence à couverte blanc craquelé.

Époque Ming. Haut. 24 cm.

37. — Petite Kwannin, en ancien blanc de Chine.

Époque Kang-hi. Haut. 25 cm.

38. — Petite figure en ancien blanc de Chine, représentant un lettré, debout, un sceptre à la main.

Époque Kang-hi. Haut. 24 cm.

39. — Joli vase cornet, le col très évasé, en porcelaine céladon craquelé, le col supportant deux anses chimériques.

Époque Yungching. Haut. 35 cm.

40. — Petit vase, de forme arrondie, à couverte vert clair.

Époque Kienlong. Haut. 20 cm.

41. — Vase, de forme quadrilatérale, à couverte grise, craquelée : les deux faces supportent des anses mascarons.

Époque Yungching. Haut. 23 cm.

42. — Vase, de forme tubulaire, gravé sous couverte céladon de grecques et de motifs fleuris.

Époque Kienlong. Haut. 26 cm.

43. — Vase, de forme arrondie, à couverte grise craquelée.

Époque Yungching. Haut. 20 cm.

44. — Vase de forme arrondie, à couverte vert pomme.

Époque Ming. Haut. 21 cm.

45. — Vase, de forme tubulaire, la partie inférieure striée; couvercle s'emboitant.

Époque Ming. Haut. 20 cm.

46. — Bouteille, de col tubulaire, à couverte aubergine, gravée de motifs fleuris.

Époque Yungching. Haut. 30 cm.

47. — Bouteille, à panse arrondie, le col tubulaire à couverte flammée, rouge violacé.

Époque Kienlong. Haut. 47 cm.

48. — Vase, de panse aplatie, à couverte céladon, le col flanqué de deux anses tubulaires.

Époque Yungching. Haut. 25 cm.

49. — Vase cornet, de col évasé, à couverte céladon, gravé de motifs fleuris.

Époque Kienlong. Haut. 23 cm.

50. — Pot, de forme arrondie, à couverte céladon.

Époque Yungching. Haut. 11 cm.

51. — Bouteille, gravée sous couverte céladon de motifs fleuris et de palmes : deux anses ajourées en haut relief.

Époque Kienlong. Haut. 37 cm.

52. — Vasque tripode, gravée sous couverte céladon, de grecques.

Époque Kienlong. Diam. 26 cm.

53. — Petite potiche, de forme arrondie, en porcelaine à décor de chimères et de fleurs.

Époque Ming. Haut. 16 cm.

54. — Deux petits vases, de formes arrondies, formant paire à décor de fleurs et d'attributs.

Époque Ming. Haut. 12 cm.

55. — Petit vase, décoré de chrysanthèmes et de motifs fleuris.

Époque Ming. Haut. 12 cm.

56. — Vase cornet, le col coupé, en porcelaine blanche, décoré de personnages et de motifs fleuris. Socle en bois sculpté.

Famille rose-Yungching. Haut. 25 cm.

57. — Cornet, le col coupé, décoré en trois couleurs de motifs fleuris variés.

Époque Ming. Haut. 20 cm.

58. — Vasque, de forme arrondie, décorée sur fond rose de motifs fleuris stylisés.

Famille rose-Yungching. Diam. 24 cm.

59. — Autre vasque, de forme arrondie, décorée sur fond jaune, de dragons et de nuages.

Epoque Yungching. Diam. 18 cm.

60. — Vasque, de forme similaire aux précédentes, à décor de fleurs et de dragons.

Époque Yungching. Diam. 18 cm.

61. — Une paire de vases couverts, en forme de boule, décorés sur fond jaune gravé, de bouquets fleuris polychromes.

Époque Kienlong. Haut. 20 cm.

62. — Une paire de vases couverts, de forme similaire, décorés sur fond bleu, de branchages fleuris, famille rose.

Époque Kienlong. Diam. 20 cm.

63. — Vase, en forme d'une boule, gravé sous couverte turquoise de dragons dans les flots.

Époque Kienlong. Haut. 22 cm.

64. — Bouteille, de forme arrondie, le col tubulaire, à couverte sang de bœuf.

Époque Kienlong, Haut. 40 cm.

65. — Bouteille, de forme similaire à couverte poudre de thé.

Cachet Kienlong. Haut. 35 cm.

66. — Bouteille, de forme similaire, le col légèrement évasé, à couverte aubergine.

Époque Yungching. Haut. 35 cm.

67. — Bouteille, la panse arrondie, le col cintré et s'évasant, à couverte flammée bleu et vert.

Époque Kienlong. Haut. 34 cm.

68. — Bouteille, le col coupé, à couverte turquoise.

Époque Yungching. Haut. 27 cm.

69. — Bouteille, à col tubulaire, à couverte turquoise mouchetée.

Époque Kienlong. Haut. 34 cm.

70. — Une paire de petites potiches couvertes, décorée de branchages fleuris.

Époque Taokuang. Haut. 25 cm.

71. — Une paire de petites potiches, décorées sur fond vert d'arbres en fleurs, d'oiseaux et de rochers.

Époque Kienlong. Haut. 24 cm.

72. — Une paire de vases cornets, décorés sur fond jaune de motifs fleuris et de médaillons réservés.

Époque Kienlong. Haut. 24 cm.

73. — Vase, de forme hexagonale, décoré sur fond rose, de médaillons avec souhaits.

Époque Yungching. Haut. 12 cm.

74. — Vase, de forme tubulaire, à décor de personnages, dont un à cheval.

Époque Yungching. Haut. 14 cm.

75. — Autre vase tubulaire, décoré du dieu du tonnerre et de motifs fleuris.

Époque Kang-hi. Haut. 15 cm.

76. — Petite potiche, de forme élancée, décorée de motifs fleuris, en polychromie ou fond blanc.

Époque Kang-hi. Haut. 24 cm.

77. — Grosse potiche, à décor de motifs fleuris et d'oiseaux.

Époque Yungching. Haut. 35 cm.

78. — Jolie potiche couverte, décorée sur fond blanc de chrysanthèmes stylisés et de chimères, en émaux verts, rouges et ors.

Époque Ming. Haut. 42 cm.

79. — Potiche, décorée d'un oiseau sur un rocher au milieu des fleurs.

Époque Ming. Haut. 29 cm.

80. — Potiche, trois couleurs, décorée sur fond blanc, d'un cortège à nombreux personnages.

Époque Ming. Haut. 32 cm.

81. — Petite potiche basse, décorée de personnages dont le dieu de longévité.

Époque Yungching. Haut. 17 cm.

82. — Pot, de forme arrondie, à décor de chimères et de pivoines.

Époque Ming. Haut. 24 cm.

83. — Élégante bouteille, de forme élancée, en porcelaine blanche, décorée de jeunes femmes les bras chargés de fleurs, arrêtées sous un pin. Très grande finesse de décor.

Cachet Kienlong. Haut. 37 cm.

84. — Vase cornet, la panse légèrement saillante, à décor de personnages et de bouquets fleuris.

Époque Ming. Haut. 40 cm.

85. — Vase cornet, le col légèrement coupé, à décor d'oiseaux et de motifs fleuris.

Époque Ming. Haut. 39 cm.

86. — Bouteille, de forme arrondie, le col coupé, à décor de personnages, finement exécutés.

Époque Ming. Haut. 18 cm.

87. — Vase, de forme arrondie, à décor de rochers et de fleurs.

Époque Ming. Haut. 14 cm.

88. — Vasque, de forme arrondie, décorée en émaux verts, rouges, bleus et ors, de dragons poursuivant le joyau sacré.

Époque Ming. Diam. 22 cm.

89. — Vasque, de forme similaire, à décor de dragons poursuivant le joyau sacré.

Époque Ming. Diam. 20 cm.

90. — Vase, de forme arrondie, gravée sous couverte, blanc de Chine, de dragons et de palmes.

Époque Kienlong. Haut. 23 cm.

91. — Vase cornet, en ancien blanc de Chine, la panse unie.

Époque Ming. Haut. 28 cm.

92. — Figure en ancien blanc de Chine, représentant la Kwannin debout.

Époque Ming. Haut. 33 cm.

93. — Figure en ancien blanc de Chine, laquée et peinte postérieurement, représentant la Kwannin assise sur un rocher.

Époque Ming. Haut. 32 cm.

94. — Vase, de forme allongée, à couverte blanche craquelée.

Époque Ming. Haut. 21 cm.

95. — Petit vase, en forme de boule, à couverte chamois craquelé.

Époque Ming. Haut. 17 cm.

96. — Bouteille, de panse surbaissée, le col allongé, décoré en relief, de deux dragons. Couverte blanc crémeux.

Époque Ming. Haut. 30 cm.

97. — Très joli vase, de forme élégante, en porcelaine à couverte turquoise.

Époque Kienlong. Haut. 32 cm.

98. — Bouteille de panse arrondie, à couverte foie de mulet.

Époque Kienlong. Haut. 29 cm.

99. — Vase, en forme d'un fruit à côtes, à couverte flammée rouge.

Époque Kienlong. Haut. 21 cm.

100. — Joli vase cornet, le col évasé, à couverte aubergine.

Époque Yungching. Haut. 33 cm.

101. — Très joli vase, à panse arrondie, à couverte flammée rouge.

Époque Kienlong. Haut. 25 cm.

102. — Vase, de forme arrondie, à couverte vert pomme.

Époque Ming. Haut. 25 cm.

103. — Potiche couverte, de forme arrondie, l'épaulement supportant deux têtes d'animaux.

Époque Kienlong. Haut. 29 cm.

104. — Petit vase, de panse aplatie et quadrilobée à couverte flammée.

Époque Kienlong. Haut. 21 cm.

105. — Vase, à panse aplatie et quadrilatérale, l'épaulement supportant deux anses tubulures, à couverte flammée.

Époque Taokuang. Haut. 30 cm.

106. — Vase, de forme quadrilatérale et aplatie, à couverte bleutée, craquelée.

Époque Yungching. Haut. 35 cm.

107. — Vase cornet, l'épaulement supportant deux anses à têtes chimériques, à couverte flammée bleu.

Époque Ming. Haut. 35 cm.

108. — Bouteille, de forme élégante, à couverte bleu de Perse, décorée en or, de papillons et de motifs fleuris.

Époque Kienlong. Haut. 41 cm.

109. — Vase cornet, à porcelaine bleu fouetté, décoré en or, de motifs fleuris.

Époque Kang-hi. Haut. 44 cm.

110. — Pot à riz, couvert, en forme d'une marmite, à couverte bleutée décorée en camaïeu de motifs fleuris et d'attributs.

Époque Kang-hi. Haut. 23 cm.

111. — Grand vase cornet, à couverte céladon craquelé, le col flanqué de deux anses salamandres.

Époque Yungching. Haut. 40 cm.

112. — Bouteille, la panse surbaissée, imitant une fleur de lotus ; les anses en forme de feuilles. Couverte céladon.

Époque Kienlong. Haut. 29 cm.

113. — Vasque, de forme aplatie, à couverte aubergine.

Époque Kang-hi. Diam. 20 cm.

114. — Petite vasque, de forme arrondie, à couverte sang de bœuf.

Époque Kienlong. Diam. 14 cm.

115. — Très jolie bouteille à couverte bleu sable.

Époque Yungching. Haut. 29 cm.

116. — Deux petites jardinières, en forme de fruit à côtes, supportées par quatre petits pieds. Socles en bois.

Cachet Yungching. Diam. 21 cm.

117. — Bouteille, à col tubulaire et à couverte flammée rouge.

Époque Kienlong. Haut. 24 cm.

118. — Bouteille, le col cannelé, à couverte bleu de Perse.

Époque Ming. Haut. 22 cm.

119. — Petit vase cornet, à couverte craquelée gris blanc.

Époque Yungching. Haut. 21 cm.

120. — Petit vase, de forme ovoïde, décoré en émaux violacés, d'un personnage sur un tigre.

Époque Kiaking. Haut. 24 cm.

121. — Bouteille, à long col tubulaire, décorée en émaux bleus et peau de pêche, d'un dragon dans les nuages.

Époque Kienlong. Haut. 24 cm.

122. — Potiche, de panse surélevée, en porcelaine bleu et blanc, à décor de palmes.

Époque Kang-hi. Haut. 22 cm.

123. — Bouteille en porcelaine bleu et blanc, décorée d'un dragon dans les nuages.

Époque Kienlong. Haut. 35 cm.

124. — Grand vase cornet, en porcelaine bleu et blanc, à décor de guerriers.

Époque Ming. Haut. 46 cm.

125. — Vase cornet, en porcelaine bleu et blanc, à décor de palmes, de fruits et d'arbres fleuris.

Époque Ming. Haut. 51 cm.

126. — Grand vase cornet en porcelaine bleu et blanc, à décor fleuri.

Époque Kienlong Haut. 51 cm.

127. — Potiche, le col coupé, en porcelaine bleu et blanc, à décor de paysages maritimes. Très joli bleu.

Époque Kang-hi. Haut. 27 cm.

128. — Potiche, le col coupé, en porcelaine bleu et blanc, de belle qualité, à décor de cerfs et de cigognes sous les sapins.

Époque Kang-hi. Haut. 25 cm.

129. — Potiche, le col coupé, en porcelaine bleu et blanc, à décor de personnages.

Époque Kang-hi. Haut. 25 cm.

130. — Potiche, le col coupé, à décor de chrysanthèmes stylisés.

Époque Kang-hi. Haut. 25 cm.

131. — Potiche, le col coupé, en porcelaine bleu et blanc et céladon, à décor de paysages et d'habitations au milieu des rochers.

Cachet Kang-hi. Haut. 24 cm.

132. — Vase cornet, le col coupé, en porcelaine bleue, décoré en blanc de dragons dans les fleurs.

Marqué Ming Wanli. Haut. 23 cm.

133. — Potiche couverte, en porcelaine bleu et blanc, à décor de motifs fleuris stylisés

Époque Kang-hi. Haut. 28 cm.

134. — Autre potiche couverte, en porcelaine bleu et blanc, offrant un décor similaire.

Époque Yungching. Haut. 35 cm.

135. — Vase, de forme tubulaire, en porcelaine bleu et blanc, à décor de personnages sur une terrasse fleurie.

Époque Ming. Haut. 22 cm.

136. — Vase cornet, en porcelaine bleu et blanc, à décor de dragons et de Fong-Hoang.

Kienlong. Haut. 36 cm.

137. — Vase cornet en porcelaine bleu et blanc, décoré d'un couple d'oiseaux sur les rochers au milieu des fleurs.

Époque Yungching. Haut. 40 cm.

138. — Vasque, en très belle porcelaine bleu et blanc, décorée de vases fleuris et d'attributs des Pa-hsien.

Époque Kang-hi. Diam. 23 cm.

139. — Vasque, de forme élevée, en porcelaine bleu et blanc, à décor de panneaux de personnages et de motifs fleuris.

Époque Kang-hi. Haut. 21 cm.

140. — Autre vasque, de forme similaire, en porcelaine bleu et blanc, à décor d'hortensias fleuris.

Époque Yungching. Haut. 22 cm.

141. — Petit pot, de forme arrondie, en porcelaine bleu et blanc et peau de pêche, à décor de papillons, de chauves-souris et d'emblèmes bouddhiques.

Époque Kienlong. Haut. 21 cm.

142. — Vasque, de forme élevée, en porcelaine bleu et blanc, à décor de chrysanthèmes stylisés.

Époque Yungching. Haut. 31 cm.

143. — Bol, de forme haute et évasée, en porcelaine bleutée, décorée sur fond gravé, de médaillons polychromes.

Cachet Kienlong. Diam. 17 cm.

144. — Bol, de forme similaire au précédent, à couverte bleutée.

Cachet Kienlong. Diam. 17 cm.

145. — Bol, de forme évasée, en porcelaine bleu de Perse, décoré en or, de dragons poursuivant le joyau sacré, au-dessus des vagues.

Cachet Kienlong. Diam. 19 cm.

146. — Grand bol de forme évasée, à couverte jaune serin.

Époque Kienlong. Diam. 23 cm.

147. — Bol, de forme droite, en porcelaine bleu soufflé.

Époque Kang-hi. Diam. 19 cm.

148. — Bol, de forme évasée, en porcelaine à couverte aubergine.

Époque Kang-hi. Diam. 15 cm.

149. — Bol, de forme évasée, à couverte mordorée décoré en émaux violacés, de personnages sous les arbres.

Cachet Kienlong. Diam. 18 cm.

150. — Bol, de forme évasée, à couverte bleutée gravée, décoré en polychromie de bouquets de fleurs.

Cachet Kienlong. Diam. 19 cm.

151. — Bol, très ouvert, décoré sur fond vert, en réserve, de médaillons à paysages.

Cachet Kienlong. Diam. 20 cm.

152. — Bol, très ouvert, offrant un décor similaire au précédent, mais sur fond corail.

Époque Kienlong. Diam. 20 cm.

153. — Bol, de forme haute, décoré sur fond blanc, d'un joli paysage de rochers.

Cachet Kienlong. Diam. 19 cm.

154. — Jolie coupe sur piédouche élevé, en porcelaine à couverte bleu de Perse.

Marquée Yungching. Diam. 18 cm.

155. — Bol, de forme évasée, sur piédouche élevé, à couverte sang de bœuf.

Cachet Kienlong. Diam. 19 cm.

156. — Bol, de forme très ouverte, à couverte gris céladon.

Époque Sung. Diam. 16 cm.

157. — Deux petites tasses, à couverte moutarde.

Cachet Kienlong.

158. — Deux bols évasés, à couverte brune.

Époque Kang-hi. Diam. 13 cm.

159. — Deux bols, décorés en émaux bleus, roses et verts, de motifs fleuris stylisés.

Époque Kienlong. Diam. 13 cm.

160. — Deux bols à couverte brune, décorée en émaux noirs, de dragons poursuivant le joyau sacré.

Époque Kienlong. Diam. 11 cm.

161. — Grand bol, très ouvert, décoré d'un singe dans les branches d'un arbre, sous lequel passe un cerf.

Époque Yungching. Diam. 20 cm.

162. — Autre bol, très ouvert, décoré de dragons au-dessus des flots, poursuivant le joyau sacré.

Époque Kienlong. Diam. 22 cm.

163. — Deux bols ouverts, décorés en émaux violacés, de dragons à la poursuite du joyau.

Marqués Kang-hi. Diam. 15 cm.

164. — Bol ouvert, décoré en polychromie, imitant une fleur de lotus.

Époque Kienlong. Diam. 14 cm.

165. — Deux très jolies petites tasses, à couverte verte, décorées en émaux violacés de dragons poursuivant le joyau.

Marquées Kang-hi. Diam. 10 cm.

166. — Petite tasse couverte, en porcelaine blanche, décorée dans le style des Ming, de dragons dans les nuages.

Cachet Kienlong.

167. — Deux petites tasses couvertes, à décor fleuri.

Cachet Taokuang.

168. — Deux petites tasses couvertes, à décor d'attributs des Pa'hsien et de bouquets fleuris.

Cachet Taokuang.

169. — Deux tasses couvertes, décorées en polychromie d'attributs divers.

Cachet Taokuang.

170. — Deux tasses couvertes en porcelaine bleu et blanc, à décor de palmes.

Époque Yungching.

171. — Deux petites tasses décorées en émaux bleus et rouges, des huit emblèmes bouddhiques et de motifs fleuris.

Marquées Ming, mais Yungching.

172. — Bol très ouvert, en porcelaine bleu et blanc, décoré de dragons dans les nuages et de caractères de longévité.

Jolie pièce signée Ming Wanli. Diam. 20 cm.

173. — Grand bol en porcelaine bleu et blanc à décor de dragons dans les nuages.

Époque Yungching. Diam. 22 cm.

174. — Bol évasé, décoré sur fond céladon de bouquets fleuris.

Époque Kienlong. Diam. 21 cm.

DEUXIÈME VACATION

CÉRAMIQUE CHINOISE

175. — Petite bouteille en porcelaine bleu et blanc, à décor d'oiseaux Hoô dans les nuages.

Époque Kienlong. Haut. 14 cm.

176. — Autre bouteille en porcelaine bleu et blanc, à décor fleuri.

Époque Kienlong. Haut. 14 cm.

177. — Tube porte-pinceaux en porcelaine bleu et blanc, à décor de paysages montagneux.

Époque Yungching. Haut. 14 cm.

178. — Autre vase tubulaire, s'évasant légèrement, en porcelaine bleu et blanc, à décor d'attributs.

Époque Kang-hi. Haut. 13 cm.

179. — Deux petits vases, en forme de boule, en porcelaine bleu et blanc à décor d'enfants.

Époque Kienlong. Haut. 11 cm.

180. — Deux autres petits vases, de forme similaire en porcelaine bleue décorée en réserves de motifs fleuris.

Époques Kang-hi et Kienlong. Haut. 11 cm.

181. — Deux petits vases, de forme arrondie, de décor similaire aux précédents.

Époque Kang-hi. Haut. 12 cm.

182. — Deux petits vases de forme ovoïde, en porcelaine bleu et blanc, à décor de personnages et d'oiseaux.

Époque Kienlong. Haut. 7 cm.

183. — Petite vasque tubulaire, flanquée de deux anses détachées, à couverte brune craquelée.

Époque Ming. Diam. 11 cm.

184. — Petit vase cornet, décoré sous couverte céladon de palmettes et de grecques.

Époque Kienlong. Haut 10 cm.

185. — Deux bouteilles formant paire, à couverte céladon craquelée.

Époque Ming. Haut. 13 cm.

186. — Jolie bouteille, de forme élégante, à couverte bleue.

Époque Kienlong. Haut. 17 cm.

187. — Vase, de forme tubulaire, à couverte céladon, à doubles craquelures.

Époque Yungching. Haut. 15 cm.

188. — Petit vase, en forme de boule, à couverte rouge flammée.

Époque Kienlong. Haut. 9 cm.

189. — Très joli brûle-parfums, tripode, à couverte brun noir.

Époque Kienlong. Diam. 14 cm.

190. — Petite théière à couverte corail, réservée en blanc de motifs fleuris et de poésies.

Époque Kienlong. Haut. 14 cm.

191. — Vase de forme aplatie à couverte blanche et décor clouté.

Style de l'Époque Sung. Haut. 19 cm.

192. — Petite figure en ancien blanc de Chine, représentant un guerrier à cheval.

Époque Kienlong. Haut. 24 cm.

193. — Petite figure en ancien blanc de Chine, représentant la Kwannin, assise.

Époque Kienlong. Haut. 15 cm.

194. — Petite statuette en ancien blanc de Chine, représentant la Kwannin assise sur un rocher.

Époque Ming. Haut. 24 cm.

195. — Autre statuette de Kwannin assise, en ancien blanc de Chine.

Époque Kienlong. Haut. 22 cm.

196. — Bouteille, à long col cylindrique flanqué de deux anses tubulures, à couverte flambée rouge.

Époque Kienlong. Haut. 19 cm.

197. — Petit porte-pinceaux à décor montagneux en émaux trois couleurs.

Époque Kang-hi. Diam. 11 cm.

198. — Brûle-parfums, de forme arrondie, l'épaulement supportant deux mascarons à têtes chimériques. Couverte aubergine.

Époque Yungching. Diam. 12 cm.

199. — Deux chimères, sur socles, en émaux trois couleurs, aubergine, vert et or.

Époque Kang-hi. Haut. 20 cm.

200. — Deux chimères à émaux aubergines et verts sur fond or.

Époque Kang-hi. Haut. 16 cm.

201. — Une paire de perruches, à émaux verts, et socles rocailleux trois couleurs.

Époque Kang-hi Haut. 18 cm.

202. — Petite figure de Kwannin sur le lotus, en biscuit trois couleurs.

Époque Kang-hi. Haut. 15 cm.

203. — Petite bouteille à double panse, à décor bigarré trois couleurs.

Époque Kang-hi. Haut. 16 cm.

204. — Petite bouteille, de forme similaire, à couverte flambée rouge et bleu.

Époque Kienlong. Haut. 17 cm.

205. — Petit vase, piriforme, l'épaulement supportant deux mascarons avec anneaux fixes. Couverte bigarrée trois couleurs.

Époque Kang-hi. Haut. 21 cm.

206. — Deux petites bouteilles piriformes, en faïence à émaux turquoise et aubergine et à décor fleuri.

Époque Ming. Haut. 14 cm.

207. — Deux petits pots couverts, à couverte vert camélia.

Époque Kienlong. Haut. 9 cm.

208. — Brûle-parfums en faïence, à couverte vert pastel. Couvercle en bois sculpté.

Époque Kienlong. Haut. 11 cm.

209. — Deux petits pots couverts, à couverte vert pastel.

Époque Kienlong. Haut. 9 cm.

210. — Petite bouteille de forme élégante, à couverte vert camélia.

Époque Kang-hi. Haut. 8,5 cm

211. — Petite bouteille, la panse arrondie, à couverte mouchetée bleu et vert.

Époque Kienlong. Haut. 12 cm.

212. — Autre bouteille, piriforme, de couverte similaire.

Époque Kienlong. Haut. 14 cm.

213. — Petite bouteille, de panse surbaissée, en faïence à couverte poudre de thé.

Époque Kienlong. Haut 14 cm.

214. — Bouteille piriforme, à couverte rouge flammée.

Époque Kienlong. Haut. 14 cm.

215. — Petite bouteille turquoise.

Époque Yungching. Haut. 15 cm.

216. — Autre bouteille, de forme similaire à couverte aubergine.

Époque Kienlong. Haut. 16 cm.

217. — Petit vase, de col court et évasé, à couverte turquoise.

Époque Kienlong. Haut. 15 cm.

218. — Autre vase, de forme similaire, à couverte aubergine.

Époque Kienlong. Haut. 15 cm.

219. — Bouteille, de panse arrondie, à couverte flammée rouge.

Époque Kienlong. Haut. 15 cm.

220. — Bouteille piriforme, à couverte flammée rouge.

Époque Kienlong. Haut. 14 cm.

221. — Bouteille à panse surbaissée et long col évasé, à couverte fraise, surdécoré de motifs fleuris.

Signé Kang-hi. Haut. 19 cm.

222. — Petite bouteille piriforme, à couverte noire unie.

Époque Kienlong. Haut. 11 cm.

223. — Coupe tripode, à bord dentelé, à couverte bleu clair.

Époque Yungching. Diam. 12 cm.

224. — Brûle-parfums tripode, portant deux anses boucles, à décor de dragons en émaux violacés.

Daté Yungching. Diam. 11 cm.

225. — Petite Kwannin et serviteur en ancien blanc de Chine.

Époque Ming. Haut. 20 cm.

226. — Statuette en ancien blanc de Chine, représentant un lettré, assis.

Époque Ming. Haut. 15 cm.

227. — Une paire de petites chimères, en ancien blanc de Chine.

Époque Ming. Haut. 16 cm.

228. — Une paire de petites chimères, en ancien blanc de Chine.

Époque Ming. Haut. 12 cm.

229. — Brûle-parfums, de forme arrondie, l'épaulement supportant deux mascarons, en ancien blanc de Chine.

Époque Ming. Diam. 12 cm.

230. — Petit vase, de forme quadrilatérale, en faïence à couverte grise, craquelée.

Époque Kienlong. Haut. 14 cm.

231. — Vase-applique, à couverte flambée bleu et vert.

Époque Kienlong. Haut. 18 cm.

232. — Une paire de vases-appliques, en porcelaine blanche, décorée des trois symboles du bonheur, le rang, la longévité, la richesse.

Époque Taokuang. Haut. 18 cm.

233. — Une paire de petites coupes lobées, en forme d'anciennes monnaies, en porcelaine blanche dorée.

Époque Kienlong. Diam. 8 cm.

234. — Vase de forme tubulaire, lobée, décoré en réserve sur couverte corail, de médaillons à personnages.

Époque Kienlong. Haut. 8 cm.

235. — Petite bouteille, de panse arrondie, à couverte corail, décorée de rinceaux d'or.

Marquée Kienlong. Haut. 9 cm.

236. — Coupe libatoire, de forme quadrilobée, décorée sur fond vert, de motifs fleuris polychromes.

Marquée Kienlong. Haut. 8 cm.

237. — Petite bouteille, décorée sur fond bleu de Perse, de rinceaux fleuris, en or.

Marquée Kienlong. Haut. 9 cm.

238. — Coupe, en forme d'un fruit sectionné, à couverte brun métallique.

Époque Kienlong. Diam. 9 cm.

239. — Coupe en forme de fruit, à couverte vert foncé.

Époque Kienlong. Diam. 8 cm.

240. — Une paire de petits vases en porcelaine blanche, à décor fleuri, famille rose.

Époque Yungching. Haut. 18 cm.

241. — Une paire de petites bouteilles, à panse surélevée, à couverte rose, à décor fleuri.

Époque Kienlong. Haut. 11 cm.

242. — Une paire de petits vases, à décor d'oiseaux au milieu des fleurs.

Époque Kang-hi. Haut. 14 cm.

243. — Une paire de vases, en forme de boules à couverte verte, et décor de fleurs.

Époque Kienlong. Diam. 10 cm.

244. — Deux vases, à couverte verte, décorés en polychromie de fleurs et de médaillons de personnages.

Époque Kienlong. Haut. 19 cm.

ÉMAUX CLOISONNÉS

245. — Bouteille, à panse arrondie, le col évasé, décoré sur fond turquoise de médaillons de chrysanthèmes stylisés.

Style des Ming. Haut. 35 cm.

246. — Une autre bouteille, de forme et de décor similaire à la précédente, pouvant faire paire.

247. — Brûle-parfums tripode, décoré sur fond turquoise de chrysanthèmes stylisés en émaux polychromes.

Couvercle même décor, surmonté d'un bouchon en bronze ajouré de dragons.

Style Kienlong. Haut. 40 cm.

248. — Bol très évasé, à décor de fleurettes polychromes sur fond turquoise.

Époque Ming. Diam. 21 cm.

249. — Bol évasé, de forme et de décor similaires au précédent.

Époque Ming. Diam. 21 cm.

250. — Petit récipient à eau, de forme ronde et aplatie, supporté par trois petits pieds.

Époque Ming. Diam. 10 cm.

251. — Petit bol, à décor de fleurettes stylisées sur fond turquoise.

Époque Ming. Diam. 7 cm.

252. — Petit brûle-parfums tripode, décoré sur fond turquoise de médaillons fleuris.

Époque Kang-hi. Diam. 14 cm.

ÉMAUX DE CANTON

253. — Très belle théière, en émail de Canton, de forme quadrilatérale, surmontée d'une anse-boucle.

Les quatre faces offrent, en réserve sur fond vert, des panneaux de personnages hollandais, en diverses scènes.

Époque Yungching. Haut. 20 cm.

254. — Théière, de forme hexagonale, avec anse fixe, décorée sur le pourtour de nombreux personnages.

Époque Kienlong. Haut. 18 cm.

255. — Théière, de forme similaire à la précédente décorée sur fond blanc de dessins d'objets précieux, brûle-parfums, vases, etc.

Époque Kienlong. Haut. 18 cm.

256. — Très joli bol, décoré sur fond blanc de personnages hollandais, sur une terrasse fleurie.

Époque Yungching. Diam. 8 cm.

257. — Bol, de forme évasée, imitant une fleur de lotus.

Époque Kienlong. Diam. 10 cm.

258. — Deux bols couverts, à décor de personnages.

Époque Kienlong. Diam. 10 cm.

259. — Grand bol couvert, à décor de personnages au milieu des fleurs.

Époque Kienlong.

260. — Grand vase cornet, en émaux de Canton décoré sur fond bleu, d'un semis de fleurs polychromes et de palmettes.

Époque Kienlong. Haut. 35 cm.

261. — Joli cache-pot, de forme circulaire, décoré sur un fond bleu garni de fleurettes polychromes, de trois médaillons réserves à motifs fleuris.

Époque Kienlong. Diam. 30 cm.

262. — Joli plat creux, décoré sur fond bleu d'un motif serré de fleurettes, se poursuivant sur le marlé droit.
A l'intérieur, un médaillon représentant, groupés au bord d'un ruisseau, un Empereur, son ministre et des serviteurs.

Époque Kienlong. Diam. 30 cm.

263. — Écran formant glace, en émaux peints, représentant une jeune femme félicitant son mari qui vient d'être reçu docteur.

Époque Kienlong. Diam. 19 cm.

264. — Écran à main, formé d'une glace ronde et d'une poignée : décor de fleurettes variées.

Époque Kienlong. Diam. 34 cm.

265 — Une paire de soucoupes, à décor de personnages et de guerriers, illustrant un roman. Au dos, sur fond jaune, un décor de rinceaux fleuris.

Époque Kienlong. Diam. 16 cm.

266. — Deux jolies assiettes, décorées au marlé sur fond jaune, de rinceaux fleuris et au centre d'un bouquet gracieusement disposé. Au revers, un décor fleuri bleu sur fond blanc.

Époque Kienlong. Diam. 26 cm.

267. — Jardinière basse, de forme ovale, décorée sur les parois, en réserve sur fond jaune, de panneaux fleuris.

Époque Kienlong. Diam. 24 cm.

268. — Plateau, de forme rectangulaire, décoré sur fond blanc, d'un cerf et de cigognes sous un pin, symbole de longévité.

Époque Kienlong. Diam. 34 cm.

269. — Deux présentoirs à bols, décorés sur fond jaune, de fins motifs fleuris polychromes.

Époque Kienlong. Diam. 11 cm.

270. — Trois soucoupes, de forme carrée, les angles lobés, à décor de paysages.

Époque Kienlong. Diam. 9 cm.

271. — Deux petites soucoupes, à bords lobés, décorées de personnages hollandais sous un arbre.

Époque Kienlong. Diam. 11 cm.

272. — Deux petites tasses, quadrilobées, à décor de personnages.

Époque Kienlong.

273. — Deux petites tasses et leurs soucoupes à décor de paysages.

Époque Kienlong.

274. — Deux petites soucoupes à décor de personnages et de paysages.

Époque Kienlong.

275. — Deux petites tasses offrant le même décor que les soucoupes précédentes.

Époque Kienlong.

276. — Bonbonnière, de forme arrondie, décorée d'un oiseau sur un rocher au milieu des fleurs, et d'un médaillon fleuri stylisé.

Époque Kienlong. Diam. 7 cm.

PIERRES DURES

277 — Joli groupe en agate blonde, représentant un citron digité, dit Main de Bouddha.

Haut. 10 cm.

278. — Joli vase, en trois pièces, en agate blonde et bleutée, représentant une fleur enfeuillagée sur laquelle est posée une chauve-souris.

Haut. 15 cm.

279. — Groupe en agate bleue, très pure, représentant un écureuil sur un rocher.

Haut. 10 cm.

280. — Cheval couché, en jade de fouille à taches de rouille.

Diam. 10 cm.

281. — Chimère couchée en jade blanchâtre.

Diam. 12 cm.

282. — Cheval couché, en jade de fouille rouillé.

Diam. 9 cm.

283. — Ex-voto, représentant trois personnages devant un limbe, en jade marbré. Inscription au dos :

Donné le 18 du mois d'avril de la 3e année du règne de l'empereur Tsien Kan, dynastie Ming.

284. — Groupe en jade blanc, représentant un dauphin dans la vague.

Diam. 15 cm.

285. — Pendentif en jade blanc, le motif central mobile, pris dans la masse.

Diam. 6 cm.

286. — Ornement en jade, sculpté d'une fleur stylisée. Socle en bois sculpté.

Diam. 8 cm.

287. — Plaquette de jade blanc, en forme d'un fruit, formant glace.

Diam. 19 cm.

VERRES CHINOIS

288. — Deux bouteilles en verre blanc opaque, surdécorées de deux scènes de peintures représentant le dieu de longévité et des serviteurs sur une terrasse fleurie.

Haut. 35 cm.

289. — Deux bouteilles en verre blanc, imitant le jade, décorées de deux fins paysages.

Haut. 13 cm.

290. — Deux verres à pied, en verre bleu, de forme octogonale, décorés en or de motifs fleuris.

Haut. 16 cm.

291. — Bouteille, de col tubulaire, en verre bleu monochrome.

Haut. 20 cm.

292. — Petite bouteille en verre monochrome turquoise.

Haut. 11 cm.

293. — Deux bols, en verre monochrome, rouge rubis.

Diam. 12 cm.

294. — Jardinière, de forme oblongue, en verre transparent bleu.

Diam. 20 cm.

295. — Deux tasses, en verre rubis.

296. — Bonbonnière en verre opaque blanc, sculptée en relief bleu de motifs fleuris et d'oiseaux.

Diam. 9 cm.

297. — Bonbonnière, de forme arrondie, en verre rubis.
Marque Kienlong.

298. — Coupe en verre jaune ambré, décorée en relief bleu, rubis et vert, de fleurs variées.

299. — Petite bouteille en verre blanc opaque imitant le jade.

300. — Petit brûle-parfums tripode en verre ambré.
Marqué Kienlong.

IVOIRES

301. — Deux écrans en ivoire, gravé au trait de deux fins paysages au bord de l'eau.

Haut. 26 cm.

302. — Jolie figure en ivoire, patiné noir, représentant la Vierge et l'Enfant, d'une grande finesse de sculpture.

Haut. 19 cm.

303. — Figure en ivoire, très finement sculptée, représentant un Lohat.

Haut. 20 cm.

303 *bis*. — Grande figure en ivoire scupté, représentant un personnage debout, les bras dissimulés sous le vêtement.

Haut. 28 cm.

304. — Boîte rectangulaire en bois de Santal et marqueterie d'ivoire, à décor géométrique.

Diam. 12 cm.

305. — Deux petites chimères Kylin, jouant avec une sphère.

306. — Groupe en i oire, représentant le dieu de longévité entouré de nombreux enfants.

307. — Vase cylindrique en ivoire, sculpté de nombreux personnages, dont l'un tire un bœuf, au milieu des rochers.

Haut. 8 cm.

308. — Vase pitong en ivoire, gravé au trait de paysages et de poésies.

Haut. 10 cm.

309. — Petite boîte imitant une fleur de lotus dont les graines sont représentées en incrustations de pierres diverses.

MEUBLES DIVERS

310. — Coffret à double étage, formant quatre casiers, en bois de fer sculpté d'un motif de grecques. Les vantaux des casiers sont richement sculptés en haut relief de dragons au milieu des nuages.

Époque Kienlong. Haut. 70 cm. Larg. 40 cm.

311. — Grande boîte rectangulaire, en laque noir, décorée au laque d'or d'enfants jouant sous des arbres en fleurs.

Époque Kienlong. Diam. 65 cm.

312. — Grande boîte octolobée, en laque rouge, gravée au trait et doré, de motifs fleuris, de chauves-souris et de médaillons du bonheur.

Époque Kienlong. Diam. 45 cm.

313. — Grande boîte ronde, imitant un tambour plat, en laque rouge, gravé au trait et doré, d'un médaillon de dragon stylisé.

Époque Kienlong. Diam. 35 cm.

314. — Petit écran en laque noir, incrusté de burgau, décoré d'une maisonnette dans les bambous au bord du lac.

XVIIIe siècle. Haut. 30 cm.

315. — Une paire de petits écrans, de forme rectangulaire en laque, décorés en incrustations diverses, de motifs fleuris.

XVIIIe siècle. Diam. 22 cm.

316. — Grande bonbonnière ronde en bois naturel incrusté de nacre, offrant le médaillon du bonheur au milieu de rinceaux fleuris et de chauves-souris.

Diam. 40 cm.

317. — Une autre boîte de travail similaire, très joliment décorée.

Diam. 27 cm.

318. — Boîte rectangulaire à deux compartiments en bois naturel, décorée en incrustations diverses de deux oiseaux au milieu des fleurs.

319. — Très jolie étagère, formant de nombreux casiers, en laque rouge, d'une très chaude tonalité, décorée en *togidashi*, de laques variés, représentant des oiseaux perchés sur les branches d'arbres en fleurs. Très beau socle de même travail.

Pièce très décorative. Haut. 1.65 cm. Larg. 1,15 cm.

320. — Joli bol, doublé de métal, en laque noir très finement décoré en inscrustations de burgau, de fins médaillons fleuris.

Diam. 18 cm.

321. — Deux soucoupes, d'un travail similaire.

Diam. 18 cm.

322. — Boîte rectangulaire en laque d'or du sud de la Chine, décorée de trois cigognes sur la branche d'un pin.

Diam. 12 cm.

323. — Boîte en forme d'une poche en laques d'or de différents tons, décorée d'une cigale sur des branches fleuries.

Diam. 12 cm.

324. — Petite boîte en laque d'or, de forme irrégulière, décorée de deux oiseaux dans une corbeille fleurie.

325. — Boîte, de forme similaire, en laque d'or, à décor d'oiseaux et de fleurs.

326. — Panneau décoré sur fond de laque brun, en laques de couleurs, d'un temple sur les rochers au bord des flots.

Époque Kang-hi. Haut. 85 cm. Larg. 45 cm.

327. — Deux panneaux en laque noir, décorés en laques de couleurs, d'un oiseau sous une gerbe fleurie.

Époque Kang-hi. Haut. 90 cm. Larg. 50 cm.

328. — Grand paravent à douze feuilles, *double face*, en laque de Coromandel.

C'est sur une face, dévalant entre les rochers, sautant des ruisseaux, une furieuse chevauchée de chasseurs poursuivant les animaux sauvages.

Sur l'autre face, une scène de réception pour l'anniversaire du général Ko-tsu-ni, sous l'époque Ming.

Très beau paravent, à tons atténués.

Époque Ming. Haut. 2,30 m.
Chaque feuille 0,50.

ASSIETTES

329. — Plat jaune, en porcelaine, décoré d'un dragon au milieu des nuages. Marqué Ming Wanli, mais Yungching.

Diam. 25 cm.

330. — Assiette en porcelaine bleu soufflé, à trace de décor or.

Époque Kang-hi. Diam. 21 cm.

331. — Deux assiettes, en porcelaine blanche, décorées de fleurs et d'oiseaux.

Époque Kang-hi. Diam. 21 cm.

332. — Assiette plate, à décor de dragons dans les nuages.

Époque Kang-hi. Diam. 22 cm.

333. — Deux assiettes, à décor fleuri sur fond blanc.

Famille rose-Yungching. Diam. 21 cm.

334. — Deux cendriers, en pâte tendre, gravés sous couverte blanche de motifs fleuris.

Époque Kang-hi. Diam. 11 cm.

335. — Deux soucoupes, gravées sous couverte blanche de décors variés

Marquées Ming, mais Yungching. Diam. 15 cm.

336. — Deux soucoupes, à couverte monochrome fraise écrasée.

Époque Kang-hi. Diam. 16 cm.

337. — Deux soucoupes, plates, à couverte chamois, à petites craquelures.

Époque Ming. Diam. 16 cm.

338. — Deux assiettes, à décor de vases fleuris et d'attributs.

Époque Yungching. Diam. 22 cm.

339. — Deux assiettes, à décor de bouquets fleuris.

Marquées Kienlong. Diam. 21 cm.

340. — Deux petites soucoupes, à décor fleuri.

Famille rose-Yungching. Diam. 15 cm.

341. — Quatre soucoupes, décorées sur fond bleu de pêches, de chauves-souris et de caractères de longévité, en émaux divers.

Marquées Yungching. Diam. 14 cm.

342. — Quatre soucoupes, décorées sur fond céladoné, de motifs fleuris et d'oiseaux.

Marquées Kienlong. Diam. 14 cm.

343. — Trois petites soucoupes, décorées sur fond céladoné, des divers emblèmes des Pa'hsien.

Marquées Kienlong. Diam. 11 cm.

344. — Deux coupes, en porcelaine bleu et blanc, d'une jolie tonalité, à décor de chrysanthèmes stylisés.

Époque Ming. Diam. 16 cm.

345. — Assiette décorée sur fond céladoné, de bouquets fleuris.

Époque Kiaking. Diam. 19 cm.

346. — Deux petites soucoupes, à décor de personnages.

Époque Taokuang. Diam. 14 cm.

347. — Quatre petits cendriers, en porcelaine bleu et blanc, à décor fleuri stylisé.

Époque Kienlong. Diam. 11 cm.

348. — Lots omis.

ÉVREUX, IMPRIMERIE CH. HÉRISSEY, PAUL HÉRISSEY, SUCCr

www.ingramcontent.com/pod-product-compliance
Ingram Content Group UK Ltd.
Pitfield, Milton Keynes, MK11 3LW, UK
UKHW032018260826
14628UKWH00006B/2572

9 782329 389967